Copyright © 2008 Editora DCL.

Diretora editorial
Eliana Maia Lista

Editora
Ana Claudia Vargas

Assistência editorial
Áine Menassi

Gerente de arte
Sandro Silva Pinto

Capa e projeto gráfico
Clayton Barros Torres

Revisão
Catia Pietro da Silva

Supervisão Gráfica
Roze Pedroso

Crédito das imagens

Dreamstime

Páginas 9, 10, 14, 15, 16, 18, 20, 22, 25, 26, 27, 28, 30, 32, 35, 36, 38, 40, 41, 42, 43, 44, 46, 49, 50, 52, 54, 56.

Getty images

Páginas 6, 8, 12.

Dados Internacionais de Catalogação na Publicação (CIP)
(Câmara Brasileira do Livro, SP, Brasil)

O Amor é demais! / Equipe DCL . — São Paulo :
DCL, 2008.

ISBN 978-85-368-0471-2

1. Amor – Citações, máximas etc I. Equipe DCL.

08-02814   CDD – 808.882

Índice para catálogo sistemático:

1. Amor : Citações : Coletâneas : Literatura 808.882

Todos os direitos desta
obra reservados à

DCL – Difusão Cultural do Livro Ltda.
Rua Manuel Pinto de Carvalho, 80
Bairro do Limão
CEP 02712-120 – São Paulo/SP
Tel.: (0xx11) 3932-5222
http://www.editoradcl.com.br
E-mail: dcl@editoradcl.com.br

Ah, o amor...
Aclamado em prosa e verso por gerações de poetas, cantores, homens comuns, mulheres do povo, loucos e magistrados, estudantes e mestres, cientistas e moças casadoiras... É também por intelectuais, doutores, especialistas em teorias de ponta sobre assuntos que vão de física quântica à história da arte...
O amor, a força suprema que move o universo, é celebrado em frases apaixonantes neste livro.
O amor que aproxima homens e mulheres de classes sociais diferentes, de raças diferentes, de condições diversas...
Um amor para recordar, quem não tem ou não quer ter?
Você já encontrou seu amor?
Então esse livro será a celebração de toda a doçura e esperança que envolve o amor. Mas, se você ainda não o encontrou, não desanime: inspire-se em cada uma das frases que reunimos nas próximas páginas e prepare-se para atrair o amor que você merece: verdadeiro, único e especial!

Hannah Sarvag

"O amor é paciente, é benigno, o amor não arde em ciúmes, não se ufana, não se ensoberbece..."

I Coríntios – Cap. 13, versículo 4

História de amor...

Em meio à Segunda Guerra Mundial, o líder da resistência tcheca Victor Lazslo vai com sua esposa Ilsa Lund à Casablanca, no Marrocos, em busca de documentos importantes para embarcar aos EUA. Mal sabe ele que lá sua esposa encontrará o ex-amante Rick Blaine. Este é o enredo do filme Casablanca, estrelado por Humphrey Bogart e Ingrid Bergman, uma das mais inesquecíveis histórias de amor do cinema.

Fim

História de amor...

Parece história de conto de fadas, mas aconteceu de verdade: em 1936, Eduardo VIII, rei da Inglaterra, abdicou da coroa para se casar com a plebéia americana (e divorciada) Wallis Waterfield.

Fim

História de amor...

Dentre todas as histórias de amor, é Romeu e Julieta a que mais simboliza o amor impossível, a paixão aterradora. Trechos da tragédia escrita no século XVI por Shakeaspeare são, até hoje, recitados pelos apaixonados.

Fim

Encontrar um amor verdadeiro, sentir as pernas bambas, a boca seca e o coração aos saltos... Quem não quer?

De repente, no meio da rua, você olha e reconhece o *SEU* amor!

> "O amor, para durar, tem de ser também confiança; isto é, deve adquirir algumas das propriedades da amizade."
> *Francesco Alberoni*

Existem muitas teorias sobre o amor, mas pelo menos uma delas é verdadeira: para amar é preciso plantar em seu jardim as mais belas flores ...

" O amor é uma flor delicada, mas é preciso ter a coragem de ir colhê-la à beira de um precipício.
Sthendal "

...é preciso ainda deixar entrar a esperança, renovar a alegria de viver e sentir no peito aquele desejo que nos leva a querer sermos pessoas melhores para quem amamos.

"O amor é o sentimento dos seres imperfeitos, posto que a função do amor é levar o ser humano à perfeição."
Aristóteles

> Há vários motivos para não se amar uma pessoa e um só para amá-la.
> *Carlos Drummond de Andrade*

Porque amar é sentir-se, acima de tudo, preparado para a VIDA!

" Para fazer uma obra de arte não basta ter talento, não basta ter força, é preciso também viver um grande amor".
Wolfgang Amadeus Mozart "

E se sofremos por amor, também nos fortalecemos.

"O amor nasce de pequenas coisas, vive delas e por elas às vezes morre."
Lord Byron

Homens e mulheres quando se apaixonam, sentem-se protegidos de todo e qualquer perigo.

"Ser profundamente amado por alguém nos dá força; amar alguém profundamente nos dá coragem."
Lao-Tseu

Porque o amor enriquece aquele que ama de todo coração. O amor é demais!

"Se um dia tiver que escolher entre o mundo e o amor... Lembre-se: se escolher o mundo ficará sem o amor, mas se escolher o amor, com ele você conquistará o mundo.
Albert Einstein

> Aprendi que não posso exigir o amor de ninguém. Posso, apenas, dar boas razões para que gostem de mim e ter a paciência para que a vida faça o resto...
> *William Shakespeare*

Apaixonados se comprometem e constroem juntos um futuro.

> O homem ama, porque o amor é a essência da sua alma. Por isso não pode deixar de amar.
> *León Tolstoi*

*N*o dia comum em que conheceu seu amor, você não teve a impressão de que vivia um sonho?

> As mais lindas palavras de amor são ditas no silêncio de um olhar.
> *Leonardo da Vinci*

Não foi como se você flanasse por entre carros, prédios e toda a realidade caótica do dia...?

> "Há sempre alguma loucura no amor. Mas há sempre um pouco de razão na loucura."
> *Friedrich Nietzsche*

*Mas, o amor, às vezes,
não se revela facilmente,
não acontece no primeiro olhar
ou no primeiro beijo...*

> Quando fala o amor, a voz de todos os deuses deixa o céu embriagado de harmonia.
> *William Shakespeare*

Amar é encontrar na felicidade de outrem a própria felicidade.
Gottfried Leibnitz

Mas, os amores de verdade resistem ao tempo,
aliás o tempo fortalece os amores verdadeiros.

> Tudo o que sabemos do amor é que
> o amor é tudo que existe.
> *Emily Dickinson*

Quantos não tiveram que percorrer caminhos incertos para, finalmente, encontrarem o amor verdadeiro bem ali, ao lado?

" No fundo de cada alma há tesouros escondidos que somente o amor permite descobrir.
E. Rod "

Todas as constatações sobre o amor...

> "Ah o amor... que nasce não sei onde, vem não sei como e dói não sei por que...
> *Carlos Drumond de Andrade*"

Histórias de amor são como borboletas: você consegue ver, pode até tocar, mas se você tentar guardar uma para você, ela simplesmente morre. Tem que saber admirar de longe.
Nuno Boggiss

...nos fazem ter a certeza de que estar apaixonado é alimento para a alma...

> "O verdadeiro amor é aquele que permanece sempre, se a ele damos tudo ou se lhe recusamos tudo."
> *Johann W. von Goethe*

...e essa sábia verdade faz com que caminhemos seguros...

> Purifica o teu coração antes de permitires que o amor entre nele, pois até o mel mais doce azeda num recipiente sujo.
> *Pitágoras*

> O amor é a poesia dos sentidos. Ou é sublime, ou não existe. Quando existe, existe para sempre e vai crescendo dia a dia.
> *Honoré de Balzac*

...há de encontrá-lo um dia, mais cedo do que imagina, porque o amor é demasiadamente humano...

> O amor deveria perdoar todos os pecados, menos um pecado contra o amor. O amor verdadeiro deveria ter perdão para todas as vidas, menos para as vidas sem amor.
> *Oscar Wilde*

...para existir apenas no romantismo dos filmes ou poemas... e aquele que ama ou já amou, aquele que busca o amor...

> "E desde então, sou porque tu és
> E desde então és
> Sou e somos...
> E por amor
> Serei... serás... seremos..."
> *Pablo Neruda*